VENTE DU SAMEDI 21 DÉCEMBRE 1907
HOTEL DROUOT, SALLE N° 10

A DEUX HEURES PRÉCISES

Estampes Anciennes

DES ÉCOLES

FRANÇAISE ET ANGLAISE DU XVIIIe SIÈCLE

Imprimées en noir, en couleurs, bistre

MANIÈRE NOIRE

Estampes, Miniatures en noir et en couleurs
PORTRAITS — VIGNETTES

DESSINS

IMPORTANTES AQUARELLES
DE
DEBUCOURT

Me LAIR-DUBREUIL
COMMISSAIRE-PRISEUR

M. JULES MEYNIAL
LIBRAIRE

CATALOGUE

DES

Estampes Anciennes

DES ÉCOLES

FRANÇAISE ET ANGLAISE DU XVIIIe SIÈCLE

IMPRIMÉES EN NOIR, EN COULEURS ET EN BISTRE

MANIÈRE NOIRE

Estampes, Miniatures en noir et en couleurs

PORTRAITS — VIGNETTES

DESSINS

IMPORTANTES AQUARELLES

DE

DEBUCOURT

DONT LA VENTE AUX ENCHÈRES PUBLIQUES AURA LIEU

HOTEL DROUOT, SALLE N° 10

LE SAMEDI 21 DÉCEMBRE 1907

à deux heures précises

PAR LE MINISTÈRE DE

Me LAIR-DUBREUIL, Commissaire-Priseur, 6, rue Favart

ASSISTÉ DE

M. Jules MEYNIAL, Libraire, 30, Boulevard Haussmann, Paris

MM. les Amateurs pourront visiter la Collection chez
M. Jules MEYNIAL, 3o, Boulevard Haussmann, du Vendredi
13 au Vendredi 20 Décembre 1907.

Au commencement et à la suite des articles catalogués, il
sera vendu par pièce ou par lots un certain nombre de très
belles Estampes et Dessins encadrés ou propres à l'encadrement.

CONDITIONS DE LA VENTE

Elle sera faite au comptant.

Les acquéreurs paieront *dix pour cent* en sus du prix d'adjudication.

M. J. MEYNIAL se réserve la faculté de rassembler ou de
diviser les lots et remplira les commissions que voudront bien
lui confier MM. les Amateurs.

ORDRE DE VACATION

Estampes et Dessins non catalogués.
Nos 1 à 121.
Nos 122 et 123. Dessins de Debucourt.
Estampes encadrées et Lots.

Paris. — Imp. Ch. Berger et Cie, 41, rue de la Victoire.

DÉSIGNATION

ESTAMPES ANCIENNES

ADAM (Victor)

1. Portraits de Balzac, Béranger, Byron, Chateaubriand, Cooper, Delavigne, Dumas, Hugo, Janin, Lamartine, Scott, Scribe. Chaque portrait de ces Auteurs est accompagné de neuf ou douze scènes de leurs principales œuvres, lithog. par Victor Adam, Paris, Bourmancé, s. d. 12 pl., demi-rel. veau bleu.

ANONYME

2. Vénus et Cupide. A Paris, chez Zanna et Cie. Jolie pièce imprimée en couleurs. Marges.

3. François Ier et la Belle Ferronnière, Saint Louis, Héloïse, Troubadour et scènes diverses. Ens., quatorze pièces imprimées en couleurs.

4. Land Storm. Imprimé en couleurs. Belle épreuve. Grandes marges.

5. The Coquetting milliner. — Old Gripus plunderd by his young Wife. — Priests of all religions are the same. — A fine Fellow for Bruising. Quatre pièces, manière noire.

AUBRY (Étienne)

6. Le Mariage conclu. — Le Mariage rompu, par R. De Launay. Deux pièces faisant pendants. Belles épreuves **avec la lettre grise**. Marges.

BAILLIE (W.)

7. Dilator, spe lentus, iners, etc., d'après Rembrandt, 1761. Le Paysan sans souci, d'après V. Ostade, 1775. — Moutons et chèvres, d'après Van der Meer, 1773, et deux autres pièces. Ens., cinq pièces, manière noire.

BAUDOIN (P.-A.)

8. Annette et Lubin, gravé par Ponce. Belle épreuve. Marges.

BAUDOIN

9. Marton. — Mallet, Chit chat. Deux pièces.

BARTOLOZZI

10. The Mothers Darling, gravées par Marcuard. Belle épreuve imprimée en couleur. Marges.

11. Venus surrounded by Cupids. — Le Génie décrivant la beauté sous la dictée de l'Amour. — Persée et Andromède. Trois pièces.

12. Nymphs bathing. Deux pièces ovales, imprimées en bistre.

13. Love and fortune. — Cupid and Psyché, d'après Cipriani, et trois autres pièces. Ens. cinq pièces, dont trois imprimées en couleurs et deux en bistre.

14. The Children, deux pièces. — Les Cerises. Ens., quatre pièces, imprimées en bistre.

15. Enfance de Bacchus et de Cupidon. Deux pièces de forme ronde, imprimées en bistre.

16. Vénus et l'Amour, imprimé en couleurs. — La Petite Laitière, imprimée en bistre. Deux pièces.

17. Prudence, d'après Cipriani. — Renaud et Armide, d'après Cosway. Trois pièces, dont deux imprimées en couleurs.

18. Trois pièces, imprimées en bistre.

BEAUVARLET

19. Évanouissement d'Esther, par F. de Troy. Belle épreuve.

BENAZECH

20. Le Couronnement de la Rosière, par Benazech, inv. et fecit, imprimé en couleurs. Belle épreuve à toutes marges.

BOILLY (L.)

21. Piron avec ses amis, lithographie, par Boilly, 1830. Superbe épreuve sur papier de Chine. A toutes marges.

BONNIEU (L. BONNET)

22. Les Regrets inutiles, gravés par L. Marin L. Bonnet. Belle épreuve, imprimée en couleurs.

BONNIEU

23. L'Innocence mise en danger par la Fidélité, gravée par Godefroy. Marges

BOWLES

24. Miss Tippin going for all nine. — Bachelor fare or Bread and Cheese with kisses. — The Unlucky visit or a discovery of the Tid-Bit. — For old Square-Toes. — A master Parson returned from Duty. — A camp sermon. Six pièces, manière noire.

25. The old female macaroni. — The seducing tale. — Mis playing with cup and Ball. — The young flûte player. — The Sausage woman. — The Flanderkin lighting his morning Pipe. Six pièces, manière noire.

26. Chiens et Renard, Lionne, trois pièces. — Chance de Reinagle, gravée par Giller. — Rembrandt Mill, gravé par Ch. Turner. Ens. cinq pièces, manière noire.

BROOKSHAW (R.)

27. The Lady Unmask'd, d'après Boucher. — Summer. — The
Spring. — The Fond. — Play fellow. Cinq pièces, manière
noire.

28. Dix pièces, manière noire, d'après Teniers, Ostade, etc.

CARICATURES

29. Caricatures de Monnier, Scheffer, Traviès, Boilly. Treize
pièces coloriées.

CIPRIANI

30. Le Sacrifice à l'Amour, gravé par R. Girard. — Bartolozzy.
Deux pièces, imprimées en bistre.

COCHIN

31. L'Age viril, gravé par Jeanne-Renard Dubos. — Allou
Amusement espagnol. Deux pièces.

COSTUMES DE THÉATRE

32. Petite galerie dramatique, huit pièces. — M. Lainez, rôle
de Dardanus, gravé par Janinet. — Portraits de Larive,
Mme Kemble, M. Siddons. Quinze pièces, en partie coloriées.

DEBUCOURT

33. Modes et manières du jour. — L'Agression. — La Phrase
changée. — Le Messager fidèle. — Les Apprêts du bal.
— Elle boude. — Il ne m'a pas vu. — Plus posément. —
— Me trompe-t-il ? Huit pièces coloriées.

DENON

34. Parque. Déesses Clotho et Lachesis. Deux pièces, dont
une à état d'eau-forte et l'autre terminée.

DENY

35. L'Hommage accepté. Belle épreuve, de forme ovale,
grande marge.

DESCOURTIS

36. Berger et Bergère, imprimé en couleurs.

DIXON

37. Le Joueur de flûte, d'après Hals. Deux pièces, manière noire.

DUSART (C.)

38. Tout autre chose, gravé par Gole. — Berger du Titien, gravé par Vaillant. — Visscher, d'après Gérard de Lairesse. Trois pièces, manière noire.

EISEN

39. La Jolie Fermière, gravée par Longueil. — Assemblée au Château, gravée par Janinet. — Le Berger. Ens., trois pièces, dont deux imprimées en couleur et une en bistre.

ESTAMPES, MINIATURES

40. A ! Le Méchant ! — La Vertu irrésolue. Trois pièces, dont deux en bistre.

41. L'Amour volontaire. — Le Bon Diable. — Atala. Deux pièces transparentes. Ens., quatre pièces.

42. La Bonne Mère. Deux pièces, de Weinrauch. Ens., cinq pièces de forme ronde.

43. Le Maréchal, gravé par Gravelot, imprimé en bistre. — Queverdo, Quand on s'aime, gravés par Martinet, et deux pièces faisant pendants, imprimées en bistre. Ens., quatre pièces.

44. L'Heureux point de vue, par Queverdo, gravé par Martinet. — La Bascule. — Le Serment d'amour. — Sylvia. — Suzanne et les vieillards. Six pièces.

45. CHALLE. — Chu-u-u, gravée par De Gouy. Superbe
épreuve imprimée en couleur. Grandes marges. Réduction
rare de *The officious waiting woman.* (La femme de
chambre complaisante.)

46. COCHIN. — La Modeste épousée. — Berger ne mentés-
vous pas. — Souvent l'occasion fait le larron. — J'apellerai
ma mère, etc. Ens., six pièces.

47. Coucou d'après Leroy, par Beljambe. Imprimé en bistre,
ovale en travers. Trois jolies pièces.

48. Devine qui c'est ? par De Gouy. — Il dort, par De Gouy,
d'après Chaponnier. — Les Premiers aiguillons de l'amour.
— Le Soir, etc. Onze pièces de forme ronde.

49. EISEN. Madame Putiphar, gravée par Janinet, 2 pl. —
Léda. etc. Ens., six pièces, dont quatre imprimées en couleurs.

50. Je m'occupois de vous, par Mˡˡᵉ Gérard, gravé par De Gouy·
— Le Départ pour la chasse. — Comme il me plaise, et trois
autres pièces. Ens., cinq pièces, dont une en couleur.

51. MORLAND (G.). A Visit to the child at nurse, gravé par
P. Beljambe, de l'Académie royale de Caen, 1788. Réduction de forme ronde, imprimée en bistre. Belle épreuve
avant la lettre. Toutes marges.

52. MOREAU. — N'ayez pas peur ma bonne amie, A. P. D. R. —
La Malédiction paternelle, de Greuze, gravée de mémoire
par Civil. — Ah dura necessita, de Ramberg, gravé par
Delatre. — Le Bouquet prodigué. — Cornelia. — La Belle
Esclave. — Somnus. — Le Rendez-vous. Ens., neuf
pièces.

53. PICART (B.). Les Sens, cinq pièces, et diverses dix pièces.
Ens., quinze petites pièces.

54. Scènes du Mariage de Figaro. Deux pièces de forme ronde,
imprimées en bistre.

55. Vénus et l'Amour, deux pièces. — The Three Graces, par Marin. — L'Amour endormi, par Bartolozzi. — Diane, par Delignon. — Psyché et Cupidon. — Il exprime sa reconnaissance, gravé par Jomkins. — Départ de Diane pour la chasse. Ens., dix pièces de forme ronde.

56. Vénus sur un dauphin, dessinée par Charlier, gravée par Jubier. — Éducation de l'Amour. Deux pièces, imprimées en couleur.

FRAGONARD

57. La Nature, gravé par J.-B. Gérard, imprimé en couleurs.

GOLTZIUS

58. Printemps. — Automne, gravées par Sauvedann. Deux pièces.

GRANGERET

59. La Chute de Nanette, gravé par Martin. — Je l'aurai mon étrille de Morete, gravé par Couché. Deux pièces.

GREUZE

60. Expressions of Kindness. *In the Strand London.* (L'Oiseau mort). Superbe épreuve imprimée en couleur. Grandes marges.

61. La Mère bien aimée, gravée par De Gouy. Deux épreuves dont une avant la lettre.

HALLÉ

62. Le Vielleux, gravé par Dupin. Épreuve avant la lettre.

HUBERT-ROBERT

63. Ruines de Monuments antiques, deux pièces gravées et imprimées en couleurs. — Paysages, par L. Lesueur, 1788, gravés par Chesnau. Ens., trois pièces imprimées en couleurs.

HUET (J.-B.)

64. L'Amour couronné, gravé par Demarteau, imprimé en couleurs. Superbe épreuve. Petites marges.

65. Diane au bain, par Bonnet, imprimée en couleurs. Belle épreuve.

66. Le Marchand de poisson, gravé par Jubier, imprimé en couleurs. Superbe épreuve de cette charmante pièce.

67. Alcibiade, ou le Moi, par Bonnet, imprimé en couleurs. Très belle épreuve. Marges.

68. Les Plaisirs de la campagne. — Le Galant Batelier, par Mixelle. Deux pièces faisant pendants, imprimées en couleurs. Marges.

69. Neuf petites pièces, dont deux coloriées.

ISABEY

70. Marie-Louise, Impératrice, Reine et Régente, gravée par Monsaldy, imprimée en couleurs. Toutes marges.

JAMES (I.)

71. Van Dyck Jeune, par R.-C. Pine, gravé par James. — Queen Elizabeth. — King Edward VI. — Master Billy, par Kettle, gravés par Paul. — The Fair nun Unmaskd, d'après Morland. Cinq pièces, manière noire.

KNIP

72. Bétail en repos. — Bétail s'abreuvant, gravés par Allais et Coqueret. Deux pièces faisant pendants. Marges.

LANCRET

73. Les Quatre Saisons. — Le Matin. — La Soirée. — Les Troqueurs, gravés par Jacob. Sept petites pièces.

LE BARBIER

74. Le Sommeil de Diane, gravé par Janinet. Pièce de forme ovale, imprimée en couleurs. Superbe épreuve,

LE PEINTRE

75. François-Marie Mayeur, dans le rôle de Claude Bagnolet, par Ridé. Très belle épreuve, imprimée en couleurs. Grandes marges.

LÉPICIÉ

76. La Promesse approuvée, par Hemery, 1777. Toutes marges.

LUNAUD

77. Le Mouton favori, gravé par Baquoy. Marges.

MOREAU

78. Couronnement de Voltaire, gravé par Gaucher. A Paris, chès l'auteur, rue Saint-Jacques, avec la dédicace et les armes de la marquise de Villette.

79. Napoléon Ier (Onze pièces relatives à).

80. Napoléon Ier (Quatorze pièces relatives à).

OSTADE (A.)

81. Le Nouvéliste, gravé, de la même grandeur que le dessin original, par Janinet. Imprimé en couleurs.

PERIGNON

82. Vues de Rome, gravées par Guyot, 1787. Cinq pièces de forme ovale en largeur. Imprimées en couleurs. Toutes marges.

PICART (Bern.)

83. Vierge et Jésus, gravé par Bernard Picard filius. — Fanny the Young Gipsy, gravée par Graham, d'après Murillo. — Sainte Famille et Jésus-Christ, etc. Sept pièces, manière noire.

PICKERSGILL (H.-W.)

84. Cupid. Engraved by W. Say. Manière noire.

PORTRAITS

85. Corneille (P.), Crébillon, La Mothe Le Vayer, Voltaire, par Ficquet. — Cailhava, par Gaucher. — Molière, par Audran. — Pascal, par Bradel. — Stosch, par Chodowiecki. — Tressan. — Fittler. Neuf pièces.

86. Rossel, capitaine de vaisseau, par Choffard. — Jeanne d'Arc, de Queverdo, par Delatre. — Latour-d'Auvergne, par Gaucher. — Turenne, par Barbié. — Comte d'Estaing, Catinat. Six pièces.

87. Boucher, gravé par Miger. — Fragonard. — Berghem. — Rigaud, gravés par Ficquet. — Lebas. — Mengs. — Rameau, par Delatre. — Blanchard et Monet, dessinés par Cochin, gravés par Saint-Aubin. Neuf pièces.

88. Mme Du Gazon. — Mlle Desbrosses, par Lebeau. Deux pièces.

89. Artois (Le Comte et la Comtesse), par Hubert, deux p. — Mme Victoire de France. — Louis XV, deux p. — Alexandre I. — Carlo IV. — Bernadote. — Joseph II. — Frédérick II. Dix pièces.

90. Louis XVI et Marie-Antoinette. — Louis, Dauphin de France. — Marie-Thérèse-Charlotte. Sept pièces.

91. Necker. — Loménie de Brienne, par Janinet. Deux pièces, imprimées en couleurs.

92. Fouquier-Tainville. — Marat, deux p. — Mirabeau, deux p. — Robespierre. Six pièces.

93. Dominica Volpato Morghen, par Angelica Kauffman, gravé par Ralp. Morghen, 1791. — Mlle Le Guet d'Esigny d'Oliva. — Charlotte Corday, par Queverdo, gravées par Massol. Trois pièces.

94. Portraits anglais, gravés par Carington. — Bowles, Collier, Dickenson, Highmore, Lebeau, Lecœur, Reynolds, Saint-Aubin, Turner, Will, etc. Quarante pièces.

REGEMOTER (P. Van)

95. L'Amant en danger. — L'Offre réciproque, gravés par Van den Berghe. London. Deux pièces.

96. Révolution (Vingt pièces relatives à la).

REYNOLDS (Joshua)

97. Lady Charles Spencer, gravé par Brookshaw. — Maria Countess of Waldegrave, gravure par Watson. — Cupid as a link boy. Sept pièces, manière noire.

REYNOLDS (Joshua)

98. Vénus au repos, gravé par Raimbach. — La Pace, de Barbieri, gravé par Marchetti. Deux pièces

SAINT-AUBIN (D'après Aug. De)

99. La Jardinière. — La Savonneuse, faisant pendants, gravées par A. S. Ph. Julien et Moret. Superbes épreuves **avant toutes lettres,** imprimées en couleurs. Marges de 7 millimètres.

SICARDY

100. Oh! che gusto! gravé par Terrier, 1793. Superbe épreuve, imprimée en couleur. A toutes marges.

SMITH (J.)

101. Roman Charity, d'après Rubens. — A Lady at Confession d'après Lauron. Deux pièces, manière noire.

102. L'Amour désarmé. — Bergères. Ens., trois pièces, manière noire.

103. Homme à la flûte, d'après Hals. — The Jolly Topers, d'après G. Douw. — Le Maître d'École. — La Lecture, d'après Ostade, et deux pièces, d'après L. Castra. Ens., six pièces, manière noire.

104. Saint Jean. — Saint Frances. — Disce mori mundo vivère disce Deo. — Paons. — Tête de Femme. — Faune. Six pièces, manière noire.

SPOONER (C.)

105. Age et Musick, d'après Mercier. — A. Jew Rabbi, d'après Rembrandt. — The Smith's forge, d'après Brouwer. — Boy blowing Charcoal, d'après Schalcken. Quatre pièces, manière noire.

SPORT

106. Combat d'animaux. — Courses de chevaux. — Mail, etc., par Alken et autres. Dix-huit pièces, imprimées en couleurs et coloriées.

VALLIN

107. La Jouissance, gravée par Bouquet. Belle épreuve, imprimée en couleurs, toutes marges.

VIGNETTES

108. La Fontaine. Contes, 1762. Édition des Fermiers généraux. — Un Portrait de La Fontaine, par Ficquet, et vingt et une figures, dont neuf pièces refusées. Sans marges.

109. Fragonard. Suite pour les Contes de La Fontaine. Dix-sept pièces (sur 20). Petites marges.

110. Eisen. Tirage à part de deux vignettes et de trois culs-de-lampe pour Anacréon, Sapho, Bion et Moschus. Paris, 1773, plus six vignettes de Choffard, Cochin, Coypel, Gillot. Ens., onze pièces.

111. Figures d'Almanach. Vingt-cinq pièces, par Chodowiecki. Quatorze pièces, par Hogarth. Ens., trente-neuf pièces.

VUES

112. Vues d'Allemagne. Seize pièces, la plupart imprimées en couleurs.

113. Vues de Paris. Neuf pièces.

114. Vues de Suisse, de Fuessli et Hess, gravées par Bentz, Fuessli et Troll. Treize pièces, imprimées en couleurs. Marges.

115. Vues de Suisse. Sept très jolies pièces, imprimées en couleurs.

116. Vues de Suisse. Quinze pièces, en couleurs.

117. Costumes suisses. Treize pièces, en couleurs.

WATTEAU

118. L'Accordée du Village. Belle épreuve à l'état d'eau-forte.

119. Le Concert, gravé d'après Watteau, et imprimé en couleur. Charmante pièce.

120. Iris, c'est de bonne heure, etc. — Heureux âge, gravés par Tardieu. Deux pièces.

121. Rubens à l'âge de trente ans, gravé par Demarteau, et six pièces, gravées par Filloeul. Sept pièces.

122 Onze petites pièces, gravées par Duflos, Bonnart, etc.

DESSINS ANCIENS

DEBUCOURT

123. *La Main Chaude.*

Dans une cour de ferme, des paysans jouent à la main chaude ; à gauche, hangar et instruments de culture sur lesquels plusieurs personnages sont accotés ou montés ; au milieu, une paysane assise cache la tête d'un jeune homme dans son tablier ; à côté, une femme, plus élégante que les autres, s'appuie sur l'épaule d'un garçon qui, un genou à terre, lui ôte sa chaussure : autour de ces deux groupes, neuf jeunes gens s'apprêtent à frapper ; à droite, près d'un bouquet d'arbres, un vieillard assis aide un enfant à monter sur ses genoux : au fond, maison ; à une des deux fenêtres, trois personnages regardent cette scène où vingt-quatre personnages sont réunis.

Aquarelle. Signée : *Debucourt del.*

Dans cette superbe composition si vive et si gaie, Debucourt a uni à son aimable esprit la séduction de la couleur. C'est une des meilleures compositions de cet artiste.

Haut., 19 cent. ; larg., 28 cent.

DEBUCOURT

124. *Le Chien Minuto et son maître, M. Castelli d'Orino, sauvint une femme à Green Park, à Londres.*

Castelli venant de sortir une femme de la pièce d'eau de Green Park ; devant lui, son chien Minuto qui vient de les sauver tous deux ; autour, quinze personnages en plusieurs groupes assistent au sauvetage. Au fond, vue de Londres : à droite, Saint-James Palace ; à gauche, Westminster Abbey.

Aquarelle. Signée : *Debucourt del.*

Jolie composition dont l'arrangement et les tons sont ravissants.

Voici la description de cette scène d'après une gravure du département des Estampes à la Bibliothèque Nationale :

Castelli se promenant avec son chien dans Green Park, son attention fut attirée par un enfant qui criait en lui faisant signe de regarder dans l'eau, et lui montrait les jambes d'une femme qui flottaient sur l'eau. Castelli quitta son habit, se jeta à la nage et l'attrapa, mais tels furent les efforts de la femme résolue à se perdre, qu'ils auraient péri tous les deux, si son chien fidèle, ne voyant plus son maître, n'était venu à leur secours en se mettant à l'eau pour les sauver.

Castelli eut son heure de célébrité à Paris, où il vint avec son chien savant en janvier 1817.

Haut., 23 cent ; larg., 20 cent.

PRUDHON

125. *Amour tenant un flambeau.*

Crayons.

Haut., 16 cent ; larg., 20 cent.

126. Sous ce numéro, il sera vendu, par pièce et par lots, un certain nombre de très belles estampes et dessins encadrés ou propres à l'encadrement, que le temps n'a pas permis de cataloguer.

www.ingramcontent.com/pod-product-compliance
Lightning Source LLC
LaVergne TN
LVHW011022180726
843502LV00007B/2695